知乎

发现更大的世界

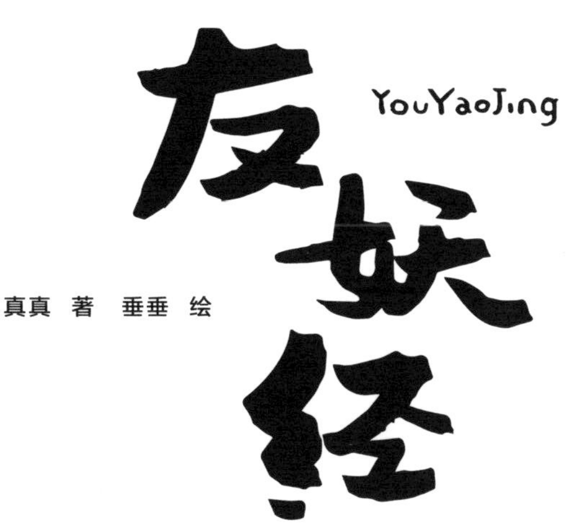

真真 著 垂垂 绘

中国轻工业出版社

缘起

古时的传说中，总有许多神仙鬼怪出没。

到了二十一世纪，那么多妖怪去了哪里呢？

总之，就是没人相信它们了，也没人写它们的故事了。

三年前，一个叫碌碌的奇怪家伙出现在我的梦里，它搓着手拜托我，让我写写它们的故事。彼时我在香港读书，疲惫又迷茫，不打算答应它。它便夜夜来梦中寻我，让我不得安眠。我只得答应。做为答谢，它送我一支五色笔，说这是一支生花妙笔，可保我故事顺利完成。我发现它怀里还有一支，便问那支笔是给谁的。它却不告诉我，只说我早晚会知道的。

后来，妖怪们果然接二连三来到我的梦中，给我讲它们的故事，或是直接带我去看它们的世界。我沉浸在它们的讲述中，跟它们一起大笑，一起流泪；我学习它们的语言；我甚至养成了一个习惯，醒来就抓起枕边的纸笔，在遗忘之前将梦镜匆匆记录下来。就在我苦恼不知如何呈现它们的形象时，我的朋友垂垂却提笔，惊人地将我梦中的四十九个形象一一还原。我才知道，梦到它们的不止我自己一个人。我更知道了，碌碌的另一支生花妙笔，到底给了谁。

三年间，断断续续，我终于将梦中四十九个妖仙的故事记录整理完毕。是为《友妖经》。

我最后一次梦到碌碌是半年前，它希望我能让更多人知道它们的故事：

如此，它便不再来打扰我，还我无梦的睡眠。

这次，我直接答应了它。

《友妖经》是一本满足你好奇心的笔记。

阅读这本笔记，你会掌握一门你永远不会用到的妖怪语言，并认识你身边的四十九个妖怪：

你知道了天空中的雾霾，其实是一个少女遮天蔽日的梦想；
你突然打了个冷颤，那是一个凉凉的家伙给了你一个寒冷的拥抱；
过去的恶鬼“画皮”，而今成了美妆博主；
久无人住的居室落满了灰尘，那是一个在你家暂住的健忘老头儿，灰尘是他故意留下的标记——你若擦了，他就迷路了；
你思绪纷乱，是因为真的有谁在你耳边叨叨不停；
衣柜里咬碎你衣服的蛀虫，是在收集布片给自己的孩子做百家衣；
掌管时间的兄弟二人，在折叠或展开你的时间。故而你觉得日子有时过得很快，有时很慢；
……

这本笔记将打开一扇门，一扇你无法返回的门。

这门不是故事，是陪伴和想象。

在这扇门后藏着的，也不是神仙妖怪。

是人。是你自己。

这以后，我再也没有梦到过碌碌。

戊戌年五月廿三

雾霾姬
无忧
屁精
假面
叨叨
食字狮
头皮屑
碌碌
祸不单行
婴武
织娘
彳亍
信狸
嗝呜啊呱
瑟瑟
园园子
空空
静电火花
山河
岛
月兔
死角
回天乏术
初一十五
降果子

欲眠
入梦
导航童子
宇宙之宇
宇宙之宙
寒颤鬼
老鬼尘
倒弹鬼
窃喜
怕黑
画皮
嗜甜
密
五色笔
李太姑
不苦
吴明镜
狼筋
大王水仙
坏表
开锁
桃花癫
颜如玉
食光兽

目录

卷一 志怪

卷二 搜神

卷三　鬼魅

卷四 秘闻

附录

卷一 志怪

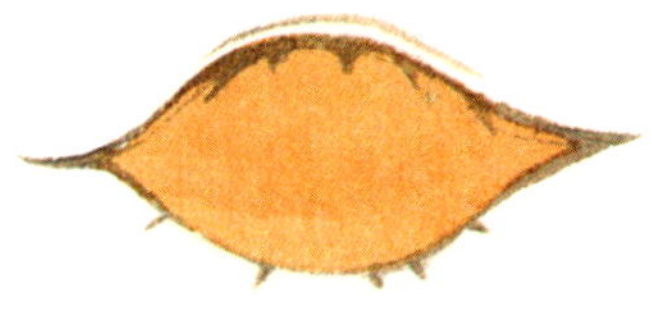

不吉
织娘
叨叨
電城
禍不單行
石刀山
半夏
假面
如戏城
食字獅
无木城
屁精
权城
吴明镜

琵琶
静之地
口口城
稀村
信狸
围村
不夜城
凹城
南·赡部洲
婴武
一泽
李太姑
滨城
罗城

雾霾姬

直至今日，雾霾姬还是会常常想起一百年前的冬天。

那个冬天特别冷，村人都在烧柴。

就连那家最懒的阿呆都上山砍柴了。他一边哆嗦一边唱着：

“宁欺白须公，莫欺少年穷，终须有日龙穿凤，唔信一世裤穿窿。”

歌声和上百缕青色的薄烟，渐次从山间升起。

当时，还是个小孩子的雾霾姬看着这升腾到白烟，很高兴：有烟，自己终于不那么虚弱了。

城市她是待不下去的。只有在这砍柴烧火、烟雾缭绕的山间，她才有活下去的可能。

而今，雾霾姬俯视着这个笼罩在自己袖子下的京城，只觉得欣慰。

她怎么也没想到，当初要靠一口烟圈生存的自己，今天竟然遮蔽了太阳的光芒。

“莫欺少年穷，终须有日龙穿凤。”

她轻声唱着，笑着，看着自己怀抱中的太阳。

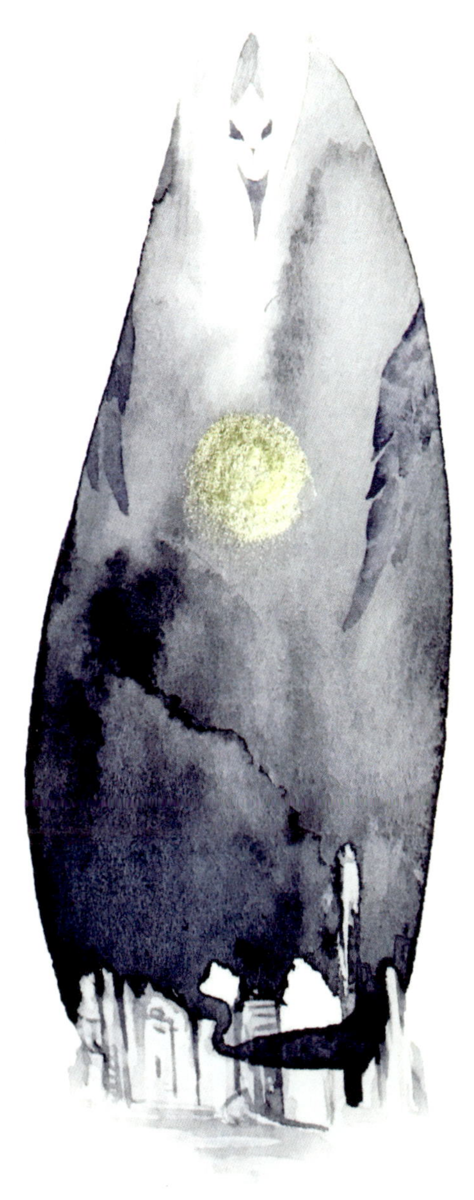

无忧

“好烦啊……”一个路人抓着头发，眉头紧紧锁起。

“一根，两根，三根……不怕不怕，我来帮你拔干净这三千烦恼丝，你就不烦了！”

一只小妖急忙赶来，落在这人的头上，一根一根薅起了头发。

“人的头发可是很好的，柔软又强韧，拔下来回去给孩子们做窝，结实得很！”

这小妖喜欢搜集人类的头发。它听说，头发是“烦恼丝”，便以为拔了头发，人的烦恼就会少一点，它更是得意地自称“无忧”。于是每当听到有人抱怨“烦”的时候，它就会热心地飞来拔头发。

所以，感到烦恼的时候，切勿说出口。小心无忧飞来，好心地将你头发拔光。

（待头发落尽，就真的不必烦恼脱发了。）

屁精

“噗！”

拥挤的电梯里，一段悠扬的屁声，让所有人都忙着管理自己的表情。

那屁自下而上升腾着，后劲十足，渐渐充盈了整个电梯。若扇而闻之，可以通过此屁的前中后调，推测出放屁之人前几餐的菜单。

“老总，您这屁洪亮悦耳，中气十足，富贵大气。想必您午餐吃了不少大虾啊！”

“胡说！老总这么干净的人，是从来不放屁的。这是我放的！”

屁精家族中混得最好的，要数巧舌如簧的马屁精了。

假面

假面，一种面具。常以笑脸示人，于人身处窘境，或有所图谋时附于人的面部。此妖数量庞大，随人出没，尤爱会议、饭局等场所。现代社会几乎人手一个，用来方便顺利社交，避免尴尬。

因此忘戴假面的时候，场面是失控的：

“见到你很高兴。”

“呵，有多高兴？”

然假面副作用极大，稍不留神即无法取下，永远粘在脸上且不自知。如若取下，则该人力松劲泄，疲惫不堪，但轻松异常，是为解脱。

叨叨

出门，下楼。

“欸，我是不是没锁门？我锁没锁？”

“手机……手机在手里。我钥匙带了吗？”

“钱包，钱包，钱包带了吗？其实带不带都行……”

“眼镜呢？哦，戴在脸上了，要不我看不清台阶。”

“煤气关了吗？”

“我是不是忘了什么事？心里怪不安的……”

“肯定是因为把孩子自己留在家里，就没法放心出门。”

“咦，我没有孩子！”

“……”

“我还没结婚呢！”

“我连女朋友也没有！”

食字狮

“‘诗’字怎么写来着……”

那字仿佛就悬在笔尖，然而偏偏忘了怎么写。这样的事情常常发生，记忆如潮水般，来去不遂我意。

是谁把那个字的模样从脑海中偷走了？

“诗者，寺言也。诗，一如寺庙里的话，纯正凝练。好吃，果然好吃！”

食字狮伏在人的脑袋上，吐沫飞溅，满意地大嚼着横竖撇捺。

食字狮实是一种书虫：书虫蛀咬纸本书籍，食字狮却能在落笔前吃掉执笔人脑中那个字。

头皮屑

头皮屑生性浪漫清雅，欢喜于春日樱花花瓣随风落下的模样，更崇拜冬天纷纷扬扬的雪花。

然人皆恶之，视其为不洁，常怕打着肩膀或枕头驱赶。

头皮屑不解：人挠头时，头皮屑簌簌落下的样貌，分明和飞雪落樱相似，缘何唯有自己被厌恶至此？

盖人以代谢之物为不洁。

而雪亦为天空之代谢，落樱乃树之代谢。

个中分别在于：人自以为不净。

碌碌

一条大鱼咬钩了，从人的眼睛中一跃而出。

“晚饭如何了？”

“你且宽心，鱼多着呢。”一只粗糙的小手将鱼从钩上取下，放在鱼篓里。

“此人在看直播，他才不睡呢。”

说话的是貘的表亲，叫碌碌，生有两双眼睛。貘食梦，碌碌却忙着做完全相反的事情：令人失眠。

它们深夜出没，专挑明明很困却不想睡觉的人下手：这些人收拾桌子，翻找东西，瞪着天花板，打开手机刷着无聊的信息……偏偏就是不睡觉。

碌碌拿了支架支着人的眼皮，在人眼睛里钓起了鱼。每钓走一条鱼，人的一点精力就会消失，就会感到愈发空虚无聊，甚至孤独悲伤。

所以困了就早早睡觉吧。

最后，它害怕所有白色的东西：热牛奶、安眠药，还有洗脚水热腾腾的雾气。

祸不单行

有名为“祸”的妖怪一对，两妖的工作是持业力簿同游四方，将业力簿上所书之祸患施于人身。

一妖念书，一妖作法，因此若两妖缺了一妖（譬如一妖小解），则祸患不成，无法交差，奖金双双被扣。两妖常因此互相责备，争吵不休。

故有言曰：祸不单行。

婴武

婴武乃狐仙婴宁之弟。

婴宁爱笑，婴武健谈。婴武自幼公子习气，多情爱美，喜热闹，好装饰。儿时常化作缤纷艳丽之鸟，立于其姊婴宁肩头游街，侃侃而谈，婴宁止而不绝。

众人皆以为奇。如遇美丽女子更甚，得意忘形，为博美人一笑而滔滔不绝，诵姐夫王子服常言之情话。婴宁羞赧，斥之轻浮。

婴武后遂常附于寡言男子之身，口若悬河，借姐夫之情诗搭讪美人。后人遂名艳丽能言之鸟为“鹦鹉”。

织娘

衣橱里。

“妈妈，妈妈！你这是干什么呀？”一只漂亮的小虫子问。

另一只大虫子忙着剪衣服，将衣袖弄出了一个大洞。

“嘘，我在给你攒布料做衣服呢。别被他们发现了。”大虫子说。

有人来了，“有蛀虫！快打！”

大虫子慌忙抓起小虫飞走了。

这蛀衣之虫，叫作织娘，聪慧通人性。听闻人类有讨布片做百家衣，为婴孩祈百家福的习俗。织娘亦四处搜罗衣物，收集补丁，织就一件小衣服，给自己的孩子穿。

这天，织娘看看手中的百家衣，就差最后一片布料了。她打算去找一片蓝色的，听人说，蓝色的布块能“拦”住疾病灾祸。

“你能自己待在家里，当个乖宝宝吗？等妈妈找到这片布就回来。”

小虫点点头，“好哇！妈妈，妈妈，我是不是马上就有新衣服穿了？”

织娘一笑，飞出了家门。

“新衣服……等妈妈……我要乖……”小虫默念着。

它抱着那缺了一块的百家衣等了很久。

妈妈没有回来。

人以织娘为害虫，除而后快，然不知其殷殷父母心。

彳亍

彳亍，音踟躕，一种守卫灵，负责保护在路上的孩子。

彳亍外貌各有不同，不一而足。因为每当一个婴孩出生，第一个被婴儿目光注视的妖怪，无论善恶，都将被选择终身守卫和照亮那个孩子的前路，成为那个孩子的彳亍。虽然它们能力有大有小，或不能照顾周全，但爱护自己守护的孩子的心，都是一样坚定勇敢的。

如若你的彳亍累了，靠在你的肩上休息，那一刻你也自然不再想着赶路，你的心亦会放松柔软，头脑沉沉，意欲寻一个肩膀来依靠。因此，你若依靠，则互相依靠着的人，从来不止你们两个。

信狸

信狸由一股情绪化成，居于永远未被拆封阅读过的信中。

写信人将思念牵挂的情绪写入字里行间，若久久没有被收信人拆阅，期盼落空，则有哀怨悲伤之情绪产生，并渐渐成型。

信被阅读之日，便是信狸消散解脱之时。

嗝呜啊呱

“嗝，嗝，这个字，嗝，体，嗝，换一下，嗝……”

打嗝真是难受又难堪！

“你这是吃了青蛙吧？”

“别，嗝，笑话我了……”

“真的，外婆说要是吞了青蛙，就会不停打嗝。打嗝是青蛙在跳着呼救‘嗝呜啊呱’，但喉咙空间太小了，只能发出一个‘嗝’。”

“嗝！你真……嗝！能编。”

“你可以喝水，倒立，或者轻轻拉一拉舌头，让那青蛙跳出来就好了。”

果真有效！

三二

瑟瑟

瑟瑟是一种散发着冷气的小怪物，通常成群出没。它们身量甚小，仅有成人指甲盖般大，状如狮子狗，体表有一层冰冷的绒毛覆盖。当它们经过人的表皮时，人会发抖。

瑟瑟的寿命很短，仅为吃完一根雪糕的时间。它们遇到热气就会死去，冷气升腾就是它们的魂魄飞升的样子。

冬天是它们的好时候，瑟瑟会成群结队，常随北风或雪花漫天飞舞。夏天，则附身于冰柜里和空调出风口，或趴在冰淇淋表面艰难存活。

涼

园园子

花园里，一群孩子聚在一起玩耍。

“啊！”小枝在梯子上踩空了，一只手慌张地在空中抓着栏杆。

一只看不见的手轻轻地将她的脚引到旁边的台阶上，踩住。一个黑黑的男孩子跑去将她扶下来。

那手是园园子的。园园子是看守花园和游乐场的妖怪，凡有许多小孩子的地方，就有它蹲在花丛中守护。

“那群小朋友里啊，我最喜欢的是大力。”

园园子看着不远处的孩子们，跟它身边的儿子说。

“你记住了，那个叫大力的小朋友……就是那个眼睛大大的，长得有点黑的男孩子。等他长大了，将来也有了孩子，你就要去他身边，像爸爸保护他一样，保护他的孩子。”

“那爸爸呢？”

“爸爸还在这里，看着这个花园的小朋友啊。偶尔也去看看你。”

后来，大力结婚了。也有了自己的孩子，看着他的孩子在花园奔跑。园园子来了，它来看自己的孩子，顺道也看看大力。

于是大力想起了自己的小时候：那日在花园玩耍，曾扶住了一个踩空的女孩子。

空空

我最幸福的时候，不是吃到好吃的，也不是发工资，更不是看到美女的时候。

我最幸福的时刻是什么都不想，张着嘴发呆。没有过去和未来，没有烦恼和喜悦。听说这是很厉害的境界。

“你在想什么？”

“什么也没想。”

他们不信。

可你看我那傻样，是真的什么都没想啊。

卷二 搜神

月兔
欲眠
入夢
宇·宙
二十八峰
銀河
星礦
降果子
死角
靜電火花
導航童子
桃花癲
西·牛賀洲

北俱盧洲
圓天
山河
初一十王
後山
前山
森三木
顏如玉
大鯤
鹹海

静电火花

影院散场。

两三个少女裹紧了大衣，激动地窃窃私语：“刚刚雷神好帅啊！”

因为静电，一片羽绒悄悄粘在一个少女的身上。

“哼，我男朋友就是雷神。”静电说。

静电的男友的确是雷神——不是索尔，而是雷震子。

最近几百年，雷震子失落异常。因无人畏惧而神力渐失，赋闲在家。

以前打雷，人们以为是天发怒而畏惧不已，建了雷公庙，敲鼓拜神。但是现在有了避雷针，就没人害怕雷电了，也不再敬畏雷神了。

好在他新认识了一个女孩子，叫火花。火花原本是他看不上的一个小徒，别说放雷了，最多只能在头发和衣物之间放放静电。可现在的人，穿那么多化纤衣物，一到冬天就电火花四溅。静电小仙反而变得一日比一日强大。

雷震子就更失落了。

那个看完电影的少女回家，心中还装着雷神索尔的英姿。灯还没开，黑暗中的她脱下大衣。

噼啪。噼啪！噼啪！静电在黑暗中闪着明亮的电火花。

“亲爱的你看，我这个电，虽然小，但也看得到的。好看吧？”静电小声说。

他点点头，心情似乎好了一点。

“好看。你真好。”

“人们已经把我俩的事儿撞破了。”

山神眯了眯细长的眼睛，摸着爱人的头发：“他们都说，只有山的地方没有灵气，只有水的地方不显开阔，山与河一起，才是最好看的景致。他们知道我们离不了彼此。”

“哦。”河伯懒懒地躺在他腿上，“可怜的小人儿们，随便他们怎么想。”

“他们有句话，倒是有点意思：‘水是眼波横，山是眉峰聚。欲问行人去那边，眉眼盈盈处。’”

“人还真是自大又多情。”

河伯叹了口气，潮水顿涨。

“别小看他们。人家可是动过铲平我，填上你的念头啊。”

山神轻揉着河伯的眉心，一颗石子在河心投下涟漪。

“管他们呢！我们躲去人更少的地方不就好了。让他们难得见到像我们这样漂亮的一双眉眼盈盈。”

岛

岛，山之胞弟也。

岛自幼生性疏离冷漠，年少离家，抛下父母，成日与河海厮混。

后来，岛遇见了湖。湖的瞳仁幽深清澈，一望，岛便深深迷恋，不舍离去。湖泊却是无情美人无情水，比岛的脾气还差三分：旱时干涸不见，离岛而去；涝时巨浪滔天，溺住岛的呼吸。

岛爱她爱得痴，竟也从未想过离去。

千万年间，岛与湖此消彼长，相生相杀，沧海桑田，纠缠切切。

一日，湖还是松开了手。岛的心应声破碎，漂到了海里。

为情所伤的岛在大洋正中呆立，日日叹息。大洋看不过眼，道：

“你弃了生你的母亲。再遇上她时，你却不认得了！竟爱上她，又怪她无情。糊涂，荒唐！呜呼，可怜你不能如人那般轮回啊。”

月兔

月上那只捣药的兔子，很想听听人间的声响。

它常年住在静寂无声的广寒宫里，唯一听得到的声音，就是自己的药杵撞击石臼的节拍，偶尔听得嫦娥咳嗽一声，它都觉得欢喜。

不忙的时候，月兔趁机下凡，直奔人潮汹涌之处玩耍，大大的耳朵贪婪地听着河边戏台上的曲儿，楼上酒家里传来的笑声，楼下孩童追逐嬉闹的尖叫声……

“人间真好哇。”它蹲在房檐上，心里生出小小的羡慕。

忽然，楼上的笑声，楼下的叫闹声，都停了。那戏台上唱戏的伶人、嘈嘈切切的文武场，也恰好在那一秒换气、停手。

倏忽嘈杂依旧。大家却都注意到那一瞬的安静，有人继续说笑，有人张望着寻找寂静的来源。

小乞丐咬着草根，躺在街边望天，只有他看到了：

一只兔子心满意足地理着它的大耳朵，继而在房檐上奔跑，向空中奋力一跃。

它带着人间的声音，消失在月亮和她的光中。

死角

角为二十八星宿之首，骁勇善战。

角战死后，其魂魄自悔杀人无数，罪孽深重。为弥补自己杀生的罪过，角誓在战场上守护一方净土，庇护无辜百姓。

那块被死去的角守护着的地方，不受火器攻击，不被发现，亦没有退路，最适合避难。

这样的地方，后人以“死角”名之。

角年少殒命，却留有一遗腹子。其子名“尘”*，常于房屋死角处扬灰，以此纪念父亲。

*参见卷三：鬼魅之“老鬼尘”。

回天乏术

有一神名回天，法力强大，有倒转时间之能力，可以唤回刚刚逝去的一天。

但回天深谙时间稳重的威严：小到牛奶倾澈碗碟破裂，大到山洪地震万人罹难，他不曾回应过任何人的祈祷，诸事亦不曾重来。

虽然如此，他依然是最强大的神：时间可以回溯倒转，只要他愿意。

若一件事连回天也不能解决，就是彻底没有办法了，是为“回天乏术”。

初一十五

民间有谚“躲得过初一，躲不过十五”：意指灾祸的降临是注定的，不可逃避的。

偏偏有那滑头的，从这俗谚中听出了端倪：我若是躲过了十五呢？

若谁人有本领，躲过了初一，又在上元节躲过了多手多眼的十五大仙，那么到了百鬼横行的中元节也不会有鬼怪来缠。至下元节，无论祸患几何，更是此灾可免，此孽可销矣。

降果子

降果子，乃百果之判官，又名果阎王。

他一手握判官笔，一手持生死簿。手起笔落间，便决定了天下果子开花结果、成熟掉落的时节。

果子一生的终点是成熟落地，被剥皮吞肉，唯有极少的骸骨才能抽枝发芽，长成果树。

离世的时间是如此确定，故而果子们没有梦想，不抱希望，不关心自己是否甜蜜，不期待自己的埋葬之地。不同于人类，它们无所畏惧，没有哪颗果子惧怕降果子，也没有哪颗果子有求于他——果子们骄傲地声称，这是果子应有的品德。

欲眠

欲眠，睡眠之神。夜幕降临，便游向人群聚集的城市乡村，四处散播困意。欲眠喜静喜暗，恶声响与强光，更讨厌让人失眠的碌碌，以其为害虫，见一个打一个。

欲眠亦是孩子的守护神之一，总是给他们最好最深沉的睡眠。

它会变得很小，伏在眼皮上，使人眼皮沉重，要洗脸将它洗掉，人才能清醒。因此在民间，人们也常常叫它瞌睡虫。

入梦

入梦，乃欲眠之女，司梦。聪明又马虎，喜怒无常，无人敢管。

最喜欢听故事，而后将故事变成梦境，转述给睡眠中的人，但常常改编得支离破碎，颠倒时空，甚至将还未发生的事情在梦中透露出去，泄露了天机。

入梦喜欢小孩子，却常常吓到他们，因她总塞给孩子们最生动也最恐怖的梦境。

导航童子

松树下，一个小童子在摆弄着背篓。

我上前问询，可否知道师父的行踪。

童子说，师父采药去了。他只知师父未出山，但岚气深深，不知到底在山中何处。

后来，清明赶路，细雨侵骨，我想寻得一点温酒来暖暖身子。

路上行人都神色凄凄，想必多是祭拜故人归来。我不好意思打扰，忽见一童子骑在牛背上，笑嘻嘻地跟牛说着什么。看他不知忧愁的模样，不知他是未曾失去过亲人，还是只有这头牛。

我上前作揖询问："此地可有酒家？"

他伸手往西边遥遥一指，"喔，那边有个杏花村，黄酒好喝得紧！"

再后来，我在市郊开车迷路了，手机没电，导航也不能用了。余光里瞥见有童子坐在后视镜上，晃荡着脚，正疑惑间，听见他用近乎耳语的声音说："下个路口左转试试吧。"

要不是看见了他，我差点就误以为是自己的主意了。

"你们童子，都是负责导航的吗？"我问。

"哼，导航都没电了，我出来玩玩。不行吗？你们这些迷途人，话多得紧！"

"行行行。"我打了转向灯，瞥一眼后视镜里有无来车。

那童子已不在那儿了。

宇宙之宇

“往古来今谓之宙，四方上下谓之宇。”

——《淮南子》

宇之和宇子是一对孪生姐妹，掌管人类对空间的观念。

姐姐化大为小，可观无穷：在她眼中，一个星系不过是一把细沙。她看到了尽头，却缄口不语。

妹妹以小见大，可观无尽：一粒沙子就是一个星球，一朵花里藏着精密世界，一片叶子上有整个大陆的生生不息。她玩得开心，亦不做分辨。

姐姐终日忧郁，妹妹无忧无虑。

神告诉姐姐，妹妹的幸福不必找，“可你要很努力很努力才会幸福。既然开了智慧，便只有眼前路，你不能回头了。”

姐姐点点头，揉出眼里的沙子。那沙子裹着泪掉落了。

妹妹抓住那粒沙，开心地说：“姐姐，这粒沙，好像就是那个地球！听说很好玩儿，我去也！”

说着，她消失了，地上便多一婴孩。

可姐姐终究是苦寻妹妹而不得：

只因那人间的婴孩初生时，都看得出花中的世界。

宇宙之宙

“有实而无乎处者，宇也；有长而无本剽者，宙也。”

——《庄子·庚桑楚》

有一对孪生兄弟，大宙和小宙，负责链接时间和人。

人类的时间，是由记忆的经纬织成的一匹长布。有时你觉得时间流失得很快，比如全情投入或久别重逢，那是哥哥折叠了你的时间；有时却觉得时间走得很慢，比如重要的吻和无聊的事，是弟弟在把你的时间缓缓展开。

总戴手表的人，是不会看见他们的。

哥哥坐在走马灯上，理着布。

那走马灯转啊转啊，转成一片喜庆的光影。一对祖孙走来。

“啊，这灯和这日子，都慢下来吧。”奶奶佝偻着，只觉灯光晃眼。

小孙儿口齿青嫩，朗声问道：“奶奶，这灯还能再快些吗？”一如他想快些长大的心愿。

聚散离别。

唯有一旅人站于中间，时间同他都走得不快不慢。

他看一眼那人间的团圆，看一眼这冬日无人的长街，不知该去哪儿。

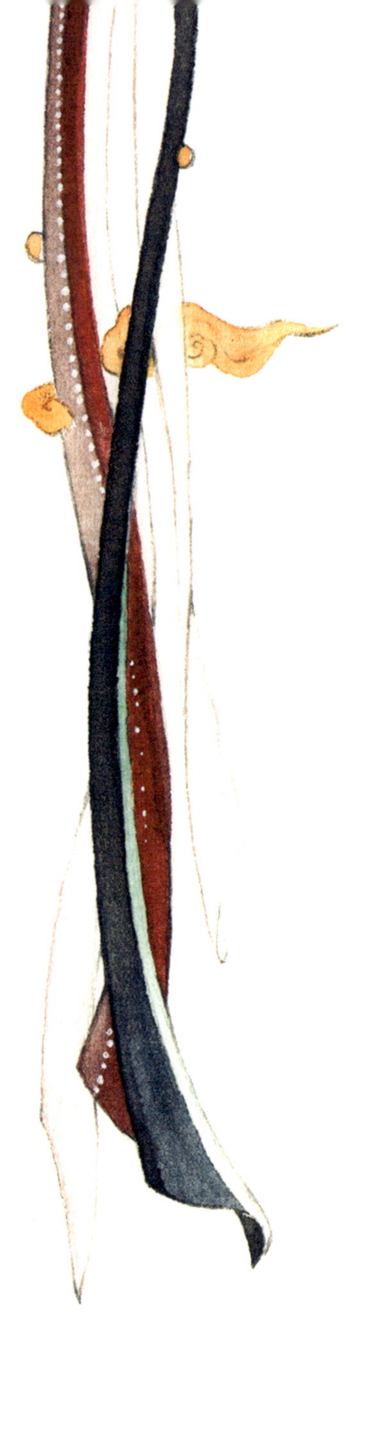

卷三 鬼魅

東·勝神洲
無崖
壞辰
倒彈鬼
花綱平原
寒顫鬼
老鬼堂

花果山
十三橋
金水井
書皮

寒颤鬼

少女枕子早夭，生前体寒久病，终日卧榻，常抱枕头。

枕子最爱哥哥从背后抱着她，给她讲故事，温暖又甜蜜。

从此她对怀抱有了依恋。

自此以后，但凡她遇到喜欢的人，就会从背后抱住他。

如果你突然觉得很冷，打寒颤的时候，其实不过是喜欢你的枕子，从后面抱住了你。

老鬼尘

有一老鬼，名尘。健忘，常迷途不返，遂携一狮，所到之地皆留下灰尘。顺着灰尘，就能回家。

“如此，我便找得到回家的路了。”老鬼尘高兴极了。

可是渐渐地，老鬼尘的脑子比想象得还要糟，就连家的模样也忘了。

这下老鬼尘变成孤魂野鬼了。

老鬼尘虽然健忘，却很聪明。他常常趁房子主人不在的时候借宿，一住就把整个房间搞得到处都是灰尘。

你那落满灰尘的房间，便是他光临过的。

“如此，我便四海为家了。”老鬼尘高兴极了。

慶

倒弹鬼

我的童年，是日复一日地在惊惧和疑惑中入眠的。

每晚快睡着时，我就听到天花板上有“叮叮当当”的声音。我常误以为是楼上的孩子在玩弹珠，可是细想，我住的明明是顶楼。长大后，物理老师说，这或许是钢筋和包裹它的混凝土因形变而产生的声音。

直到某个夜晚，我进入镜子，回到二十年前，拜访了儿时的我，才明白。

远远的，我就听到了自己睡前沾满汗湿的低问：

“你是谁？为什么在我家楼上？”

它出现了：那个怪物俯身研究着我的楼顶，手持一个巨大的玻璃壶，里面装满了美丽到不可思议的大珠子。珠子的材质似是水晶，似是金属，个个里面都是流动的星系。我呼吸急促，它朝我狡黠一笑，示意我噤声。

壶口倾倒，珠子掉落。

“叮，叮，咚咚咚咚！”

它眼神温柔，看着幼时的我在冷汗中沉沉入眠，而后抱壶离去，并不理会现在的我。

“原来提问的，总会得到回答啊。”

窃喜

一种死去的喜鹊。

该喜鹊生性顽皮，若人小物丢失苦寻不得，多是它们窃了衔在口中，立于该人肩头，乐于见得人慌乱寻找的模样，而吃吃偷笑，暗中欢喜。若人不寻，待其自觉无趣，方物归原位。故而小物不见时，切记稍安勿躁，莫要急于寻找。

另一说喜鹊能判断福祸，若预见自己孩子未来不幸的命运，便将他人的喜乐与幸运窃走，喂食给自己的孩子，是故名为“窃喜”。

怕黑

“什么都看不见，好害怕啊。”

在漆黑的楼道里，那人一边小声嘀咕，一边进入一个黑色身影体内。

那黑色的身影叫怕黑。怕黑常年居于黑暗狭窄处，是一团纯粹的恐惧。它令人恐惧黑暗，更以人的恐惧为生：你越害怕黑暗，它越攀紧了你。

然而，怕黑自己也是怕黑的。

“呜,黑漆漆的……其实我也好怕啊。”怕黑嘟囔着,“总算来了个人！陪我陪我！抱紧抱紧他！”

它向那人伸出小小的黑手。

那人感觉脊背发凉，向着远处的路灯拔腿而逃。

怕黑没有脚，只能一直待在暗处，它最喜欢你儿时的破败楼道和阴暗小巷，没有能力跟着你走太远。因此一般人一旦离开故乡，就不再怕黑了。

也有些怕黑特别厉害，会跟着一个人走遍全世界。

那人便一生恐惧黑暗，睡觉也要留个夜灯。

“这样咱们就都不怕了。”怕黑嘟囔道，蜷缩着睡了。

画皮

画皮原为恶鬼，栖身于画好的美女皮囊内，寻人寄托，汲取阳气。

今日之画皮，多为平凡少女借脂粉颜料化妆，手起笔落间妙笔生花，将自己改换模样，变平庸为殊胜。且不惮摄录画皮之过程，投放于因特网，广而告之，久之名利双收。渐渐地，画皮竟然发展成为一种职业行当，人称“美妆博主”。

众少女心生艳羡，争相观摩，学习其画皮之精湛技法，悦己悦人。

嗜甜

“我不饿，给姐姐吃吧。”

这样的饥荒已经是第二年了。家里好不容易弄得了一点糠和萝卜，往常用来喂鸡的，这时候一家人都不舍得吃，给最小的弟弟吃。

弟弟却要让给姐姐。

“我真的不饿！这个姐姐吃，我爱吃甜的，等着吃糖呢。”弟弟摆摆手，凹陷的眼睛里有明亮的笑意。

那时没人知道，其实饥荒就要结束了。

也没人想到，懂事的弟弟没熬过去，没能见到家家户户都放着大把奶糖的好日子。

若干年后。

她怀抱着热水袋，蜷缩在床上。

嗜甜闻着少女的味道逼近，在她耳边说：

“想吃甜的吧，来块蛋糕怎么样？”

她在手机上下了单，不一会儿蛋糕就送来了。少女拿起勺子。

它在床头坐下，深深嗅着奶油的香甜。

“这个姐姐吃。姐姐吃，我就很开心了。”

弟弟够不到地面的脚前后摇着，凹陷的眼睛里有明亮的笑意。

密常年沉睡在绣花针的针眼中。她不善言辞，但做得一手好女红。

彼时她是少女，布匹为纸，针线代笔，把爱慕的心思缝入荷包，赠予倾心的少年。

后来她嫁为人妇，思君时依然“长夜缝罗衣”。

最后她老了，儿子亦长成临风少年，她持针为他“临行密密缝”。

不管是丈夫还是儿子，都没有归来。而她仍一直缝着绣着，连自己死了也不知道。

“密”字形恰如闺中缝绣，针线穿心，赠予将赴远山的人。

自此以后，每每有线穿过针眼时，密即被唤醒，把只属于女子的温柔和爱意绣入针脚。

卷四 秘闻

建木
五色筆
桃花癲
西·牛賀洲
不苦
昊明鏡
開鎖
狼筋

鹹海
北·俱蘆洲
鵲橋
壞表
東·勝神洲
無盡澤
南·贍部洲

五色笔

江淹晚年官运发达，不作诗。梦一男子*索笔："吾有笔在卿处多年，可以见还。"淹乃探怀中，得五色彩笔以授之。后为诗再无美句，人谓"江郎才尽"。

今亦时有妙笔生花之少男少女，天赋逸群而不自惜，目为游戏社交、人迹往来等庸俗琐事所蔽。久之，天真俱失，初心不再，才情殆尽，泯然众人。

"他曾是那样聪明的孩子啊，现在看来可惜了……""唉，都怪我以前……"可叹诸言论日日不绝于耳。

盖五色笔唯率真赤诚之心手可持。

*此男子自称郭璞。出自《南史·江淹传》。

李太姑

热爱音乐的美国小伙子 Lee 在北京留学，一两年后，已是小有名气的 Beat Boxer 了。某晚，当他宿醉醒来，确认自己穿越了以后的第一件事，就是去找一个叫林嗣环的文人。

林嗣环不认识 Lee，可 Lee 念念不忘自己学汉语时，读过的那篇林嗣环写的《口技》。一位神人以“一桌、一椅、一扇、一抚尺”模仿出“百千人大呼，百千儿哭，百千狗吠”的声势浩大的场面。

Lee 金发碧眼，高鼻深目，还戴着一副眼镜，奇怪模样的他找人的消息自然不胫而走，不出一日就找到了林嗣环。Lee 求一会这位神人，林欣然应允。不想神人和 Lee 竟一拍即合，认了师徒。师父常常惊叹于 Lee 的美国口技的奇妙音色和节奏，也跟 Lee 学了不少。未至过年，师父就让 Lee 自己登台表演了：“若你想搞真本事，便隐去容貌吧，穿得让人不辨性别，不知年龄，不知你是人是鬼，最好。这劳什子……叫，眼镜是吧？罢了，戴着吧。”

Lee 谨遵师训，扮成老太太的模样，宽袍大袖，以扇遮面。他口技超群，样貌神秘，不久便被封了神，人称口技李太姑，成为超越师父的传奇。美国人 Lee 变成清朝的说书人，甚是想念 Hip Hop、民谣和 R&B，不管是《偷诗》还是《玉簪记》都被他加上了鼓点，中间偶尔大胆掺上几句列奥纳多·科恩的歌“You were my ground，my safe and sound.”——竟有听者在这听不懂的词中落下了泪水。

小孩子们都说，那口技太姑有六只手、六只脚、两双眼睛，身上挂满了作响的物件。李太姑还有一只鹦鹉，那鹦鹉负责收钱，不帮演出，因为它只会说骂人的脏话。

李太姑最后寿终正寝，Lee 没能回来。

京中一绝

不苦

“使人愚蔽者，爱与欲也。”

他是深知这“有情众生皆苦”的道理的，因此自幼极力避免爱和一切波澜。

唐朝高僧辩机，玄奘高徒，才思敏捷，清雅俊秀。

某日，高阳公主出猎。

辩机寂寂如松，公主目若流光，二人一见倾心。

但碍于各自身份，太多注视的目光，他们知道如果继续往来，是要出事的。

辩机亦深知，这是不可回头的苦海。

“我可以等。下一世，小僧若有幸为人，为王侯将相子孙，再来寻公主。可好？”他双手合十，欲对公主最后一拜。

公主垂下目光听着。他的声音还是寂寥明亮，寡淡得没有喜悲，可真有高僧的样子。

“这一世公主自另有高婿，想必是人中龙凤，定是小僧比不了的。小僧是佛门子弟，一心向佛。下一世……无碍，无碍的。”

午后的灰尘在窗棂间的阳光中，往上飘浮着。

她浅粉的指尖在袖口搓捻着纱。

“……不。我不要等，我就要这一世。”他说。

他悟了。苦海滔天，而他纵身跃入。

吴明镜

实名为无名镜，因铸于吴时而被误传为“吴明镜”。正面照观者最眷恋的美色，反面照观者自身的骷髅相，以警凡有所相，皆为虚妄。

此镜曾在《红楼梦》中以“风月宝鉴”之名闻名于世：贾瑞因沉迷于镜中王熙凤之美色，而纵欲病死。

因背负人命，无名镜流窜辗转到境外，落入神圣罗马帝国王后手中。

不想王后亦沉迷于镜中自己的美色，成日对镜询问：“谁是这世界上最美的女人？”在得到不如意的答案后，对继女白雪公主生嫉妒心起杀意，恶行终被揭露，反倒葬送了自己性命。

无名镜亦从此不知踪影。

狼筋

狼大腿中的筋。

古时有烧狼筋测盗的说法：若财帛丢了，取狼筋来烧，偷者就会浑身颤抖。

今有一公子，成日失魂落魄，其友打趣，为其寻魂，取狼筋烧之。

不料公子手机闪颤不已，其友夺而视之，但见屏幕上一清丽少女来电。方知，该少女乃窃公子心者。

然物失可寻，心失难追。

大王水仙

大王水仙，原产于西域大秦，由一位爱上自己水中倒影的少年溺死后，幻化为花。生长在水边，仍心醉于自己的倒影。

大王水仙色白，无味，唯自恋者嗅得其香。此水仙今日生于泰山之上，奈河源头，万松寺中。

往生者待渡忘川之时，多半内心苦楚不甘，或惴惴不安。其中若有人闻得大王水仙之花香，心生欢喜，觅而采之，则来世情为同性所动。

坏表

有一痴情小鬼，喜欢住在坏表里。

它苦等着曾经的，不会回来的爱人归来。

为了让这等待不那么艰难，它学会了自欺：

“以为是时间停止，你才不来。”

这小鬼，莫不是看过张爱玲？

家中若有停了的钟表，应及时修理。以催促那糊涂的休恋逝水，戒弃余恨，早悟兰因。

开锁

“咔哒咔哒，叮，咯噔，咔哒，嘣！”

门开了。

钥匙和锁是一对情侣。它们在一起的时间很短，好在每天都能见。

当房主掏出钥匙开门时，它们就开心得不行。

每次开锁，也就是见面的时候，它们都用一套绚丽复杂的拍手来打招呼：

“咔哒咔哒，叮，咯噔，咔哒，嘣！”

有一次房主粗心忘带东西，把钥匙挂在锁上没有拿走。它们欣喜若狂，终于有时间待在一起聊个不停了，但不久以后，就像所有长时间相处的情侣那样，它

俩吵起了架：锁生气钥匙成天和其他钥匙腻歪在一起。钥匙反击，责怪锁就只宅在家里，见识短浅，心眼也这么小。

此时房主下班回家，看着挂在门上的钥匙。

“啊！这可太危险了……”

他决定换锁。

锁芯被锁匠拿走了。钥匙则从环上解下来，被扔在了垃圾桶里。

它们再也不必吵架了。

新换的锁和钥匙自有它们不同的拍手节奏。

桃花癫

三月。东风解冻，万物复苏。

幼年的桃花是危险的，它们大多很调皮。一旦它们盯上了春心萌动的少女，就会乘坐春风萦绕在她们身边，感而染之。

于是少女们总是在春天患上桃花癫，纷纷在心底痴恋着英俊或清秀的少年。每每发癫时，桃花飘落双颊，少女则脸颊泛红，内心思春，或手舞足蹈，或心不在焉，或失魂落魄。

不是每一朵桃花癫都会指向一段姻缘，多数痴狂都会在秋天之前凋零；偶有美满姻缘，则此少女可尽获一树桃花之美满祝福。

若哪朵桃花没有让哪个少女发癫，就会成长为无害的桃子。

那桃子一口咬下去，清新但热烈的甜蜜仍然封存其中。

颜如玉

书签精。宋时曾幻作美人，与书生颜抱璞结合生女，后不知所终，唯余书生和女儿颜如玉相依为命。

如玉五岁能文，七岁能诗，已在各种诗会上抢尽了风头。她稚气渐脱的脸庞，也显露出了一眼即可道破的美丽。唇如初樱，目若灿星，冷傲有时，可亲有时。然而白玉微瑕：如玉从未张口说过一句话。颜抱璞自是心焦，四处遍寻名医，都查不出有任何问题。如玉看着颜抱璞焦躁的表情，便慈悲地若有似无地笑着。好似她并非不能说话，只是不想说。

更糟的是，一日清晨，如玉消失了，像叹息消失在风里。

自那日始，颜抱璞便一直在四处寻找如玉。若至今如玉尚在人世间，她应已是十九岁了。

十二年，寻找打磨掉了颜抱璞身上最后一点书生的傲气和轻浮。书生苦寻女儿如玉多年不得，却在初闻真宗诗句“书中自有颜如玉”后大悟，寻遍家中藏书。

书生于困倦中依稀得见多年前，初遇美人的场景：

大风如灌，满屋书签翻飞。

唯有一书签见风就长，最终化成人形，翩翩落地。

抱璞痛哭，热泪如泄，不知怀中女子是美人抑或女儿。

女子却坦言，此二人皆是她。

“富家不用买良田，书中自有千钟粟；
安居不用架高堂，书中自有黄金屋；
出门莫恨无人随，书中车马多如簇；
娶妻莫恨无良媒，书中自有颜如玉；
男儿若遂平生志，六经勤向窗前读。”

食光兽

人这一辈子，留下一个好故事就可以了。讲故事时，人就发出了自己看不见的光。

有一小神，名曰大白，身胖如象，喜食此光。大白若嗅得故事，喜不自胜，隐身赶来，盘坐于地，听人故事，食人光芒。

故事倘若真实精彩，光芒万丈，大白贪吃忘我，腹胀如鼓，不觉显形。

众人惊呼，是所谓“真相大白”。

恒河沙数　万物有灵

嘻嘻嘻嘻　不虚此行

附录

妖怪语入门

三界

人（yinn）。写人身。

男（na）。写人身，强调男性性征。

女（lue）。写人身，强调女性性征。例：雾霾姬。

鬼（kui）。写人身飘动的样子。例：老鬼尘，倒弹鬼。

魅（kei）。写鬼，有美丽的眼睛可以迷惑人。

神（sinn）。写人，戴尖顶帽，表示指向天空的意志。

仙（xia）。写人，头后发出圆形的光。

怪（kua）。写人，头上长角。

兽（su）。写兽头，有角和獠牙。例：食光兽。

妖（yo）。写人，身型柔软飘动表示可以变化。

名词

金（jin）。写箭的箭头。

木（meek）。写交叉的树枝。

水（sui）。写河流，有水滴溅起。

火（fao）。写火焰燃烧的样子。例：静电火花。

土（to）。写土堆。

福（hee）。写一神站在米缸旁边，表源源不断的粮食。

祸（bohee）。写一妖怪打破了缸，即祸患。例：祸不单行。

时间（kooi）。写倒下的日晷，表超越一切计时工具的时间。

地点（nale）。写以手指地，表示“就是这里”。

事件（tin）。写一生灵，手托方块，表抽象的待掌控的客体。

动词

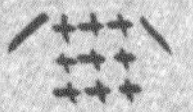

穿（ceea）。写纺织品，左右写伸出来的胳膊。

住（zeek）。写一房子，房中有眼（即生命）。

行（lin）。写没有方向的脚印，强调走的动作。

拿（nao）。写手从上抓取物品。

看（ku）。写眼睛，四个点表示瞳仁四处转动着看。

睡（min）。写眼睛闭上的样子，眼皮涂黑表示睡着。

喝（ha）。写张开的嘴，嘴中有水。

吃（ba a）。写张开的嘴，嘴中有果子。例：食字狮。

说（sok）。写人嘴，横线表示说话。

跳舞（keek）。写两只有眼生灵舞蹈。

称谓

妈妈（mamah）。写女人，坐姿怀抱孩子。例：织娘。

爸爸（dadah）。写男人，站姿背着孩子。

丈夫（fa）。写一女人一男人，表夫妻。男人的头涂黑。

妻子（zi）。写一男人一女人，女人的头涂黑。

我（wu）。写一有眼生灵，下写数字一，表示一人的自述。

你（nooi）。写一有眼生灵，下写数字二，表示参与谈话的客体。

他 / 她（qi）。写一有眼生灵，下写数字三，表示谈话中的第三个人。

我们（wui）。写三只眼，可以接在任何有生命的东西后表示复数。

儿子（a le）。写有眼的生灵，短发表示相对年幼，强调男性性征。

女儿（a lue）。写有眼的生灵，短发卷曲表示相对年幼，强调女性性征。

属性和形容

是（si）。写握拳捶在手掌上，表示肯定。

不是（bo si）。写妖怪的手，左右摇晃表示否定。 例：不苦。

真（in）。写香炉。

假（fah）。 写开裂的香炉。例：假面。

死（si）。 写舌头伸出来的形状。例：死角。

活（huao）。写微笑的兽嘴。

大（dae）。写双臂张开的姿势表示大。例：大王水仙。

小（sao）。写双手合在一起的姿势表示小。

老（nu）。写眼睛下面的毛发，有胡子。 例：老鬼尘。

少（sao）。写眼睛上面的毛发，有头发。

属性和形容

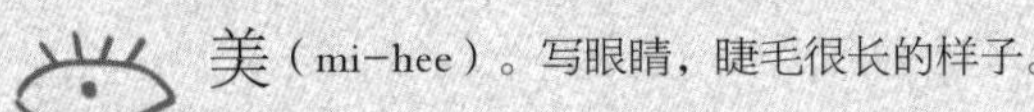
美（mi-hee）。写眼睛，睫毛很长的样子。

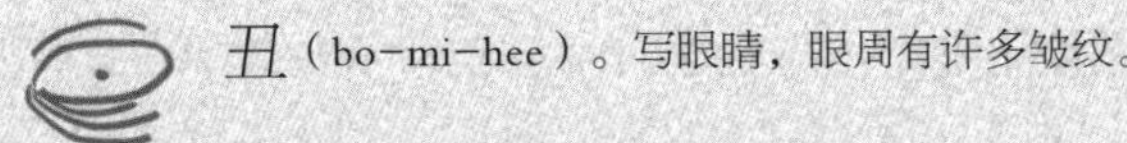
丑（bo-mi-hee）。写眼睛，眼周有许多皱纹。

饿（bo-do-hee）。写脸颊凹陷，饥饿的模样。

饱（do-hee，do 指肚子）。写满足的眼睛，鼓胀闭合的嘴巴。

近（koa-hee，koa 指狗）。写两个房子屋檐紧挨，表示近。

远（bo-koa-hee）。写两个房子一个在地上，一个在云端，表示远。

闲（hak-hee）。写妖怪睁眼躺在床上。

忙（bo-hak-hee）。写妖怪缠成轮状，滚动飞奔。

有精神（jat）。写妖怪脸上有星星。

累（jinae）。写妖怪身体瘫软。

情感

喜欢（hak-hak）。写心脏剧烈跳动的样子。

害怕（hak-sui）。写有眼生灵托着带尖刺的东西。例：怕黑。

开心（hak，与心同音）。写眼中有微笑的兽嘴，指二人以上开心。

生气（bo-hak-fao）。写眼中有怒火。

伤心（hak-jin）。写心被扎满针的样子。

忧虑（bo-hak）。写眼中流出黑色的眼泪。

酸（san）。写舌头尝李子。

甜（tata）。写舔舐蜂巢。苦（ko）。写舌头尝苦瓜切片。

辣（sisi）。写舌头尝辣椒。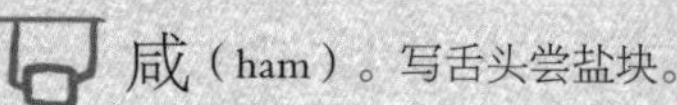咸（ham）。写舌头尝盐块。

想，想要（sia）。写心中的东西，表示心之所向。例：欲眠。

数字和历法

一（ya）。写一根树枝。　二（see）。写两根树枝。

三（sa）。写三根树枝。　五（mu）。写五瓣的桃花。

十（chi）。写一根横放的树枝。

二十（see-chi）。写一根横放的树枝，有两片叶子。

六十（log-chi）。写一根横放的树枝，有一朵桃花和叶子。

百（bak）。写树干的一圈年轮。

千（zin）。写两圈年轮。　 万（manh）。写树长了宝石。

年（ong）。写果子成熟落地，对半裂开，种子掉落的样子。

月（yeeke）。写实心月亮表月份。

日（yooi）。即初几。写月亮表阴历，加一根树枝表初一。

你好，我 是 空空。
你好，我 也 是 空空。

你 住 哪?
我 住 地府 东边 河 里。
（在） （的）

服务员，请 给 我 菜 单。

您 吃 什么？

我 要 这个 主厨（厨师） 推荐 菜。

好的，您 什么 不 吃。（忌口）

我 不 吃 香菜、青椒、辣椒、芹菜、人。

你 是 玫瑰 网 上（的）
“甜 baby”（吗）？
对的， 是 我。
你 和 照片 不
一样 啊！
对不起。
（心 愧疚）
你 比 照片 还 好看。

我不是妖，是人。
不（要）吓我。
我想给我养子买身黑衣服，这吉利。
……好的，请稍等。

图书在版编目（CIP）数据

友妖经 / 真真著；垂垂绘. — 北京：中国轻工业出版社，2018.9

ISBN 978-7-5184-2072-8

Ⅰ. ①友… Ⅱ. ①真… ②垂… Ⅲ. ①故事 – 作品集 – 中国 – 当代 Ⅳ. ①I247.81

中国版本图书馆 CIP 数据核字（2018）第 182810 号

责任编辑：由　蕾　　责任终审：李克力　　封面设计：垂　垂&申亚申

策划编辑：梁　勇　　责任监印：张京华　　版式设计：垂　垂

出版发行：中国轻工业出版社（北京东长安街6号，邮编：100740）

印　　刷：北京富诚彩色印刷有限公司

经　　销：各地新华书店

版　　次：2018年9月第1版第1次印刷

开　　本：880 × 1230　1/32　印张：4.5

字　　数：100千字

书　　号：ISBN 978-7-5184-2072-8　定价：68.00元

邮购电话：010-65241695

发行电话：010-85119835　传真：85113293

网　　址：http://www.chlip.com.cn

Email：club@chlip.com.cn

如发现图书残缺请与我社邮购联系调换

180626W1X101ZBW